देखो बच्चो, कैसी-कैसी सवारी

(1)

हाथी

मस्त चाल से चलता हाथी
सुखद सवारी कहलाता,
इसे पालते हैं अमीर
पर यह सबका आदर पाता।
राष्ट्र-दिवस, शादी, पर्वों में
सज-धजकर कितना भाता,
अगर घूमना हो जंगल में
हाथी पर घूमा जाता।

(2)

भारी लकड़ी के कुंदों को
पैर-सूँड़ से वे लुढ़काते,
पकड़ सूँड़ से फिर लकड़ी को
ट्रक पर सहज लादते जाते,
हाथी को हम बना पालतू
मुश्किल काम सहज करवाते।

घोड़ा

बहादुरों की सहज सवारी घोड़ा है
जितने भी इसके गुण गाएँ, थोड़ा है,
वीर शिवाजी, राणा, लक्ष्मीबाई के
नाम इसी ने आसमान तक जोड़ा है,
सैलानी, सैनिक की सफल सवारी है,
होता स्वामिभक्त, बहादुर घोड़ा है।

ऊँट

बालू, बालू सभी जगह है
बालू रेगिस्तान में,
ऊँट वहाँ का है जहाज
यह दुनिया के है ध्यान में,
ऊँट सवारी जैसा रोचक
अन्य न हिंदुस्तान में।

रज्जु-मार्ग/रोप-वे

होती पहाड़ियाँ जहाँ, वहाँ
कैसे हो सकती राह सुघर?
आने-जाने के लिए वहाँ
है रज्जु-मार्ग केवल सुखकर।
कोयला इसी पथ से ढोते
या सैर-सफर करते जी भर,
सुंदर-सा उदाहरण इसका
है अपना राजगीर मनहर।

लिफ्ट

बड़ी इमारत में रहता है
लिफ्ट ग्रिलवाला,
बटन दबाते, पहुँचा देता
मनचाहा माला।
समय बचाता और न पड़ता
सीढ़ी से पाला।
रोगी, बूढ़ों के हित में
औषध-सा गुणवाला।

टट्टू / खच्चर

जब पहाड़ियों पर चढ़ने में
जाते प्राण दहल,
या बूढ़े, मरीज चढ़ने में
होते नहीं सफल।
ऐसे में टट्टू, खच्चर ही
मुश्किल करते हल,
उन्हें पीठ पर बिठा सहज
पहुँचाते मनहर स्थल।

मोटर साईकिल/स्कूटर

मोटर साईकिल हो या स्कूटर
कम खर्चा में है सुखकर,
इंजन से चलता
ईंधन 'पेट्रोल' जिसे हम लेते भर,
फिर तो इस पर हो सवार
करते मनमाना सुखद सफर,
लेकिन पहले 'हेलमेट' को
रखना है अपने सिर पर।

रेल

जुड़े बहुत डिब्बे इंजिन से
लौह पटरियों पर जो चलती,
उसे रेलगाड़ी कहते हैं
छुक-छुक चलती, नहीं उछलती।
दूर-दूर की सैर कराती,
नानीघर भी पल में जाते,
बीच-बीच में खाते-पीते
दृश्य देखते नहीं अघाते।

टमटम/बग्गी/घोड़ागाड़ी

घोड़ों से जो चलती गाड़ी
ढोती रहती सदा सवारी,
उन्हें कहा जाता है
टमटम/एक्का/बग्गी/घोड़ागाड़ी,
घोड़े की टापों की टक्-टक्-
आवाजें कानों को प्यारी।

बैलगाड़ी

बैल जुते हों गाड़ी में जब
उसे बैलगाड़ी हम कहते,
बालू, पत्थर, ईंट, लकड़ियाँ
हरदम उससे ढोते रहते।
गाँव-डगर हिचकोले खाती
चलती सबको सुख पहुँचाती,
शादी, मेला या पर्वों में
हम बच्चों को खूब घुमाती।

ऊँटगाड़ी

बलुआही जगहों पर होती
ऊँटों की दुनिया,
ऊँटों की लंबी गरदन में
घुँघुरू टुनटुनिया।
गाड़ी लिए ऊँट दौड़ते
इधर-उधर जाते,
घुँघरू बजते,
मन-आँखों को दृश्य बहुत भाते।

साईकिल/बाईसिकिल

दो चक्कों की बाईसिकिल
कठिनाई कर देती हल,
कुछ लाना, पहुँचाना हो
जाते इस पर तुरंत निकल
सैर कराने को तत्पर
रहती बाईसिकिल हर पल।

टेंपू/ऑटोरिक्शा

ऑटोरिक्शा या टेंपू
एक चीज के हैं ये नाम,
छोटे-मोटे चक्के तीन
चलते सुबह, दोपहर, शाम,
जब तक है पेट्रोल/डीजल
इससे ले सकते हैं काम,
छोटी-सी यह गाड़ी जल्द
पहुँचाती दे सुख, आराम,
थोड़े-से पैसे लगते
जाते निकल बहुत-से काम।

रिक्शा

यहाँ साईकिल जैसे तीन
रिक्शा के होते पहिए,
जहाँ बैठकर जाना हो
रिक्शा चालक से कहिए।

ट्राम

ठीक रेल के डिब्बों जैसा
दो डिब्बों का होता ट्राम,
जो सड़कों की, लौह पटरियों पर
चलता देता आराम,
बिजली से चलता, पहुँचाता-
यहाँ-वहाँ सबको यह ट्राम।

एंबुलेंस

रोगियों, घायलों को जो
लेकर चलती है गाड़ी,
उस एंबुलेंस से बढ़कर
है सुखद न अन्य सवारी,
उसमें रोगी के हित की
चीजें रहती हैं सारी।

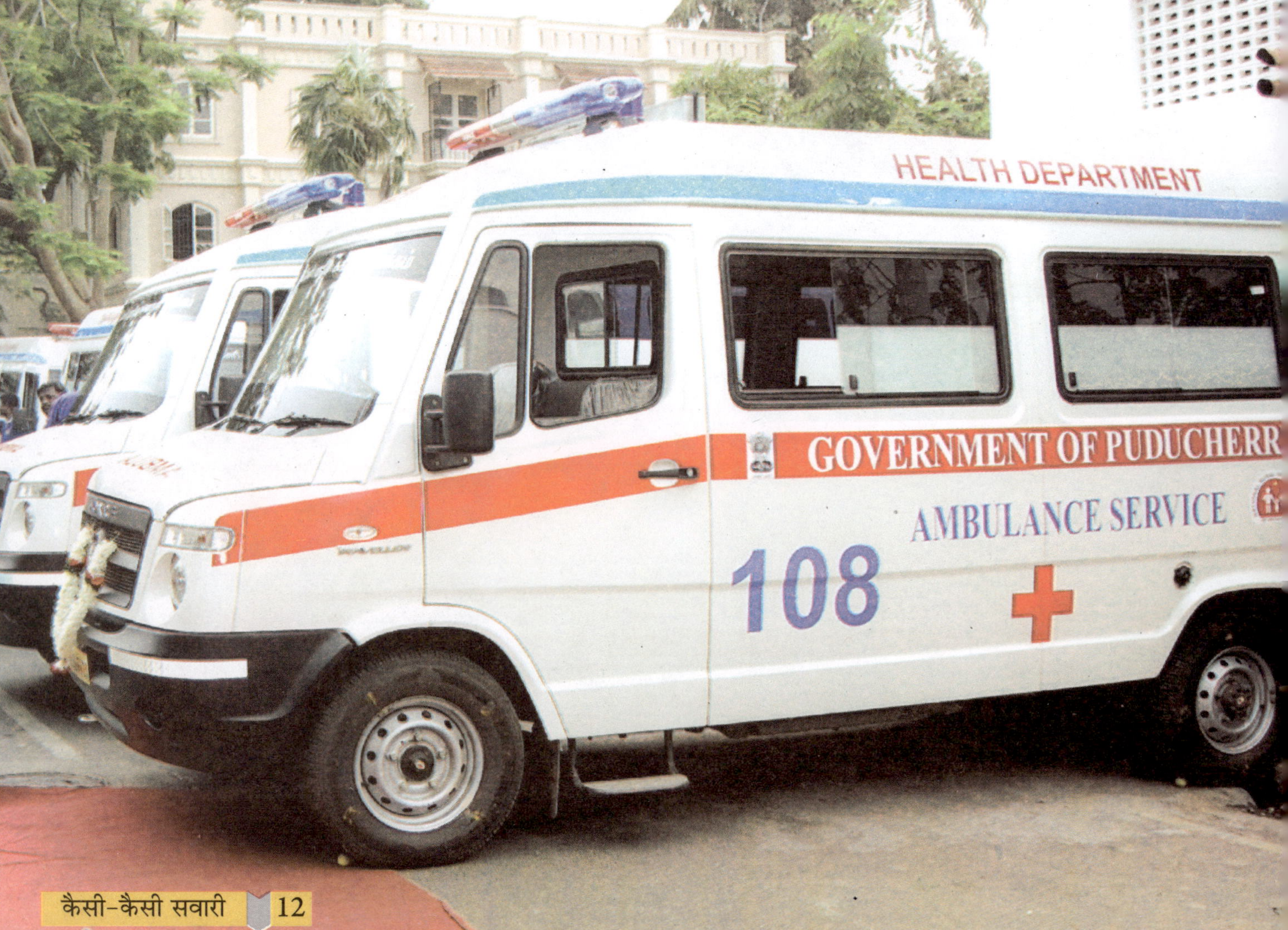

वायुयान/हवाई जहाज

वायु पर चलनेवाला यान
खींचता है हम सबका ध्यान;
रात में वायुयान का शोर
साथ में भुक्-भुक्-भुक् इंजोर।

आसमान में उड़ता है जो
वह जहाज/ वायुयान कहलाता है,
एक साथ बहुतों को वह नित
यहाँ-वहाँ पहुँचाता है।
अड्डों* से उड़ता, अड्डों पर
सदा उतरता भाता है।

'बस' या रेल-सफर में लगता
समय अगर दिनभर
वायुयान पहुँचा देता है

*रनवे

नाव/नौका/डोंगी

पानी पर चलती है नौका,
डोंगी कहलाती,
चप्पू के सह से मुड़ती
या आगे बढ़ जाती,
सैर-सपाटा या पिकनिक में
खूब मजा लाती।

जीप/कार/बस/ट्रेकर

ट्रेकर, जीप और बस से यदि
करते दूर सफर,
तन-मन थक जाते हैं सच में
करती दर्द कमर,
सुख-सुविधा कुछ ज्यादा ही
देती है कार मगर।

हेलीकॉप्टर

हेलीकॉप्टर भी जहाज है
जिसके डैने होते ऊपर,
आसमान में स्थिर हो सकता
कहीं उतर सकता छत, भू पर।
तुरंत जरूरत पड़ती है जब
सुख-दुःख में यह साथ निभाता,
कभी किसी को झट ले आता
कभी दूर जल्दी पहुँचाता।
दुःख की घड़ियों में दुःख हरता
सुख में सुख को दूना करता,
यह दो-तीन सवारों को ही
लेकर सहज उड़ानें भरता।

पालवाली नौका

नौका में जब रहता पाल
करती नौका खूब कमाल,
बिन मेहनत के, चलती तेज
हवा उसे देती है चाल।

मोटरबोट/जलयान

अगर नाव में मोटर होता
मोटरबोट नाव कहलाती,
और यही जलयान तुरंत
उस पार सहज पहुँचाती।